當代詩大系28

秋情詩語

情詩百篇

著——露西

博客思出版社

莫問情深能幾許　霞彩一抹已彌珍

一個女人和她讀到的一百首情詩

六州歌頭

虞美人

滿江紅

浣溪紗

行香子

南鄉子

蝶戀花

鷓鴣天

浪淘沙令

序

情若入詩，詩有魂。
魂若動心，心澈澄。
平仄隨韻，韻律起，
聲聲如雨，雨叩晨。

那是時空中詩與情的相遇，又雪花般飄落後的擦肩而過。

因為詩，情意飄飛成漫天的飛花絮語，現實載不動的思念情愁，隨詩意漫捲。緣起，因詩；緣去，也因詩。

她自稱香江女，暗自叫他長安君。

她去了一個網站，想悠守一隅，去看外界碎葉搖風，天花亂墜。不經意間，她看見了輕風於細喘聲中捎來的他的詩詞，那些詩句在古詞牌的雅韻中盡顯風雅和才思。幽幽古韻傳來，化作悠揚笛音，化作幽怨瀟響，化作玲瓏琴彈。

他的詩詞辭彩更疊，意象在古道長亭，薰風夢幻和花木間閃爍跳躍，攜帶著豪放和婉約兩種詞風的韻味，瀟脫和浪漫交纏得不露痕跡。

她似乎在詩詞中讀出了他時隱時現的情感蹤跡，十分放浪又無比寂寥，緊扣著現實中的他「背影入黃昏」時的心境。

她和他之間從未謀面，隔著水千條山萬座，是詩情，雪花般在時空中翻轉，並不期然地交相輝映，令歲月錯亂了時令，令彼此似乎能聽得到對方的心聲。

她不想讓這麼多優美的詩句煙雲般散失，想留下一壺香茗的記憶，於是把她讀到的詩文精心輯錄成集，供讀者品賞。

她用文字呈現出五光十色的美，時而數言賞析，時而和詩一首，用詩的語言，細絲般串起詩歌的背景故事，幫助讀者更好地理解詩中的含義，帶給讀者一組組詩詞和情感交匯出的心情故事，把逾百篇詩文以新穎的方式呈現出來，引領讀者的思緒在古詩詞與現代詩文中穿行，於欣賞詩詞中受益於文學滋養，並怡逸情懷。

本詩集多種詩體匯集，風格獨具，縱典故、寓意、文采於一體，匯格律、修辭、精煉於一爐，令讀者漫步詩叢時，尤如置身在一個流芳溢彩的文字花園，總能嗅聞一縷詩香，從中獲益。

情詩中的意境很美。

能夠深情一次，或是愛人或是賞詩，有甚麼不好。

（注：本詩歌集用「詩情畫意」及「絲絲細語」組成同一面的兩頁，右面為主頁，是以書中長安君所創作的「鷓鴣天」為主打的古詞牌詩詞；左面為副頁，本意在詩詞的字體大些。）

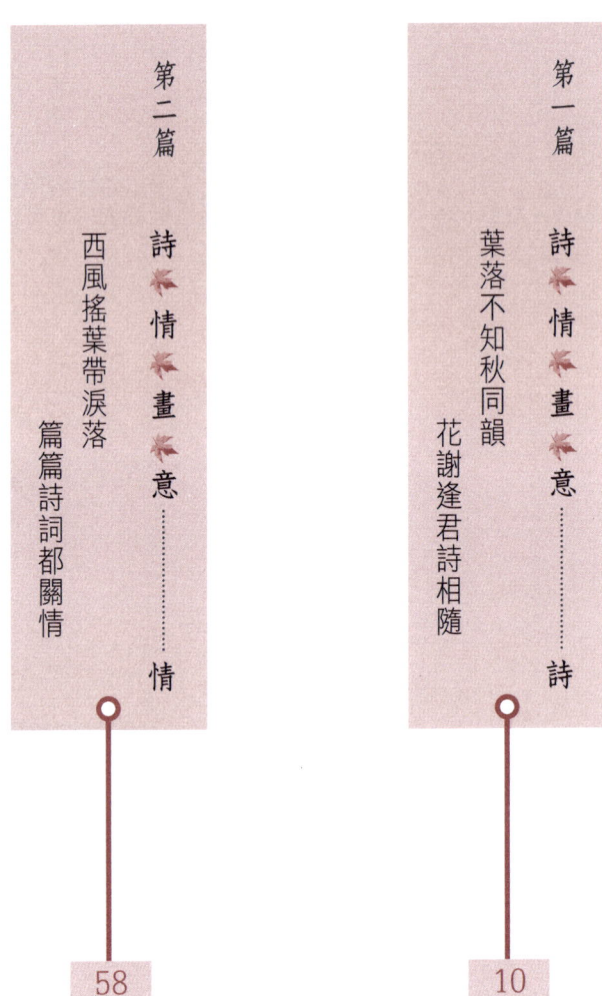

第一篇

葉落不知秋同韻
花謝逢君詩相隨

走過

就差那麼一步
我不能走進你的傘下
和你談笑這雨中的大好光景
還有這花開時節的繽紛恣意
就差那麼一步
你輕輕走過我的身邊
如風般捲走我殘留的夢囈
揚落我手中編織的花環
就差那麼一步
你在時我沒有來
我來時，你剛好離開

緣起

緣起因生不可量，
從來歸處是無常。
十方業火禪心定，
萬里悲風詩膽狂。

駐業果，又何妨，
我來世上為誰忙。
天花常墜佛陀處，
幾瓣飄飛到枕旁。

——鷓鴣天

注：業火，傷身之火，此處指凡心引致的痛苦。
禪心，佛教中的一種修行，旨在渡心安寧。
詩人在此句中暗示內心思念的痛苦需要用佛教安撫。

附〈七絕。一念〉

一念入心難阻擋，
緣來緣去本無常。
君於河畔垂斜照，
卿在庭園綰素妝。

她和詩人踩踏的經緯線不同，但，都是站在秋季的風景中吟唱。
屬於詩人的秋季是無邊落木蕭蕭下吧?而屬於她的秋季是片片楓
葉片片紅。

何必

何必焚香到佛前，
人間遍地是輕煙。
藍關雪陷識途馬，
蜀道風寒泣血鵑。

夕日下，暮水邊，
誰持青火祭浮年。
卿來莫笑吾狂態，
恣意江湖不等閒。

——鷓鴣天

注：藍關，蜀道，皆是中國古代的重要關隘，地勢險要。
青火，寓意青春，有活力。
詩人常常以古牽今，從而帶出自己的遐思。

附〈七絕。無題〉

靈秀一枝抑粉塵，
不隨桃李苦爭春。
根植苔壁知香淺，
獨自花開蕊郁魂。

一個在火爐前把酒迷離心境，一個在南山看楓葉搖姿晃醉。此時，彼此互不相干。心中都有佛，心中還有各自的執念。她有自己化不開的愁思，時不時賦詩遣懷。

相思

寶劍沉霾事可哀，
白頭空負此生才。
一輪皓月窗前起，
多少相思筆下來。

尋酒債，放形骸，
杯中苦樂總難猜。
東風吹落梅花雪，
總是痴情化不開。

——鷓鴣天

附〈七絕。塵世〉

塵世虛華一夢空，
醒來方曉景不同。
幾多身外浮雲事，
鍾情只在玉壺中。

這是她的詩詞，迎風而唱。
有些心結，久了，便鬱積成了心中的歌。
她和詩人心中各自有山水，各彈各的琴，各唱各的調。

長安客

不與今人說漢唐。
千年往事入寒窗。
城牆但隱新街巷，
涇渭空流故國邦。

金玉酒，老秦腔，
呼來一醉且開缸。
長安容我清狂客，
花滿詞章月滿堂。

——鷓鴣天

注：涇渭，指古代中國的兩條河，涇水清，渭水濁。

附〈七絕。憶漢唐〉

月下誰人憶漢唐，
千年盛世墨流香。
華章篇漏風骨恨，
遊牧彎弓斷脈樑。

漢唐盛景唐宋詞，是她傾慕的古代盛世奇觀。面對現今世道，她卻是另一種情緒鬱鬱結心。
時光順時交替，而記憶情緒卻常逆時穿梭，上下交織。

寄情

已慣年華流水去，
寄情明月前身。
依稀只影對經綸。
孤城千嶂里，
慶歷四年春。

一脈風流無斷絕，
浩然南渡征塵。
中州遺恨久沉淪。
平戎書萬卷，
知我二三人。

——臨江仙

注：慶歷四年，屬中國北宋時期。此時期有一名叫滕子京的政治家，勤政，清廉，後被貶。詩人筆下穿行逾千年，帶出歷史中的遺憾，及個人的悵惘情緒。南渡征塵，中洲遺恨，都和南宋詩人辛棄疾的經歷相關。

附〈七絕。執念〉

若無執念在心頭，
何苦揮詩詠斷秋。
縱使荒蕪連四野，
襟懷千壑有河流。

在淺淺的一簾光影中，她慵懶地搖晃著一杯咖啡，或半盞玫瑰花茶，偶爾聊賦幾許閒思，一遣清愁。歲月染風霜，詩令心澄明。身在紅塵中，不時會詠嘆：夜來月朦朧，露水濕芸窗。

一念春秋

浮生總為韶光棄，
朽葉墜，寒霜起。
斷雁青山風萬里。
暮雲江火，北天秋意。
蒼莽魚龍氣。

誰人識得襟懷意，
落木聲中碧空洗。
一念春秋搖筆戲，
半窗明月，幾重悲喜。
記也無須記。

——青玉案

附〈七絕。獨坐〉

獨坐石階望遠方，
巒山嵐霧鎖重陽。
薰風醉吮薔薇露，
離葉魂傾草木香。

年華似水流，情意在，水常流，楓葉綴詩淡淡愁。暮鼓晨鐘又怎地，記與不記本無妨，只須情莫潦草付蒼涼。

她對精緻生活的向往，已被錯亂了的生活節奏帶走。好在內心的詩意還在，總算是在生活的煙燻火烤中，對自己沒有更多地辜負。

渡

葉落枯枝寂寞生，
經年久怯動弦箏。
三千弱水飛難渡，
一縷情絲斷不成。

梅上雪，掌中燈，
消凝心事曲無聲。
茫茫人海卿須記，
莫向紅塵遠處行。

——鷓鴣天

注：三千弱水，比喻眾裡只鍾情於一人。此句詩人暗示對愛情的執著。

附〈七絕。田〉

自墾人生一畝田，
三分詩意兩分閒。
四分耕作愁和苦，
留下一分憶韶年。

屬於她的世界，不問年齡沒有季節性，能夠簡約就好。詩情畫意描摹出她生命的輪廓，縱使她死裡逃生剛活過來，看山仍見嫵媚，讀詩滿懷秋水。

閒居

久臥荒居意自寬，
何因瑣事超悲歡。
曾將萬語付毫末，
只剩無言對月彎。

豐獄劍，對雲冠，
攜卿一笑武陵船。
柔顏當似殷勤雪，
覆我心頭寂寞山。

——鷓鴣天

注：毫末，這裡指筆端。
武陵船：古文中有記載，在武陵溪上泛舟，可將船划入一片桃花林。

附〈七絕。雨〉

雨落凡塵送不回，
攜風結伴未相違。
枝頭許下長青願，
同臥花叢醉翠菲。

她在想：那詩境中，武陵船上坐著的可是詩人遙想中的自己年輕的模樣？被詩揉入蝴蝶夢的人影會是誰呢？

年華似水流，情意在，水常流，楓葉成詩點點愁。

一場詩雨紛紛揚灑，也關風月也關情意無瑕。

夢回

已慣閒居夢又回，
青絲皓首久相違。
且從花下聽開謝，
不向人前說是非。

風似水，月如眉，
酒空杯盞莫辭歸。
嫣然遺我相思誤，
自在心頭漫采薇。

——鷓鴣天

注：采薇，中國古代的首部詩歌總集《詩經》中的一首詩。
這裡指相思之情如同雨雪霏霏浸滿心間，表達出詩人內心的浪漫情懷。

附〈七絕。無題〉

光影冉冉指縫間，
浮雲氣象變萬千。
懶理車馬喧聲響，
種菊修籬卉滿園。

她還在生活向她摞下的傷痛中打轉，內心光與影的對比很強烈，那些花香那些情意，只是疏風閒雲般，忽明忽暗漂流在她眼前。許多人擦肩而過，如同過眼浮雲，而能夠令她回望的，是那些贈予過她溫馨記憶的人。

一種相思

轉眼無邊花落盡，
成敗芸芸，功過憑誰論。
一紙帛書何必信，
紅塵遠處八風緊。

提筆不言身後恨，
只在樽前，小小興亡訊。
皮裡春秋卿莫問，
無非是我相思引。

——蝶戀花

注：帛書，中國古代寫在絹帛上的文書。詩人借此隱喻情書。
皮裡春秋，指的是深藏於內心不便說與人聽的話。

附〈七絕。綠塘〉

雨後波耕瀲豔光，
荷殘一縷葉中香。
最驚夢醒情纏曲，
心雨催詩灑綠塘。

窗外有飛揚入耳的詩情。
她內心的詩情，時斷時續。現實生活的風吹雨淋，令她的情感世界像一把印花絹扇，合時想開，開時又想輕輕合上，在淡淡的光影中，不露痕跡。
詞風翦翦，心路漫漫，重疊著許多思念如縷的夜晚。

命如舟楫

佛系生涯照本宣，
隨緣佈景懶謀篇。
命如舟楫溯江去，
心似芸窗待月還。
沉醉後，見真言。
不知潦倒不知天。
何來萬丈紅塵苦，
皆是貪嗔一念間。

——鷓鴣天

注：現代語中的佛系，含慵懶甚至消極心理。詩人意在表明面對感情無能為力的心態。

附〈七絕。無題〉

一跪佛前五百年。
紅塵心碎拜佛憐。
滄海難渡慧根淺，
轉念幡然了悟間。

風水輪盤怎麼可能總是圍著一個人轉？生活越是到後來，誰都少不了不是斷一根筋骨便是脫一層皮。

她有屬於自己的一方晴空、一輪艷陽天，那就是大自然。

而在詩人幽深的思緒中，總是流水潺潺不斷，內心的石壁上被陰雨淋濕過吧？留下幾多蘚苔？有多少的情又有多少的傷痛伏在上面？

醉倚寒宵

不惑方知世事險，
醉倚寒宵，寂靜空彈劍。
曾有銀河星萬點，
今何獨我窗前暗。

欲寫無愁復卷，
皓首枯身，筆底詩情欠。
自信餘生應淡淡，
誰知還被痴心染。

——蝶戀花

附〈七絕。無題〉

倚蘭亭前撫卉蘭，
觀音山上望雲山。
心朝荒野無春色，
情繫海天一片藍。

那些詩，像是急著想和她打個照面，每天飛花般翩翩起舞篇篇而來。
能夠記得的叫詩篇，不能記得的叫流年逝水吧？
後來，時光把彼此納入了陌生時，她看到了這闕〈蝶戀花〉。
縱使已留意，只道是曾經。

況味人生

提筆憶當初，半世江湖。
醒當長劍醉拋書。
況味生涯多冷暖，
何懼榮枯。

不見鳳樓梧，此意何如。
大千世界小糊塗。
獨坐長安樓一角，
飲盡殊途。

——浪淘沙令

附〈七絕。情愁〉

易生情愫滿池春，
難築痴心十里城。
春去落花誰宿影，
悲風煙柳掠無痕。

心中事，塵封久，紅塵九曲十八彎。何必空把盞，且灑筆墨唱金鏤，賦詩行。

那些詩句，字字如璣玉，句句顯真情，如同飄落在她眼前微風細雨，漸漸濕潤她的心情。

寒宵

山海路迢迢，
熙攘浮沉多寂寥。
昨日悲歡成細雨，
瀟瀟，
落入江頭早晚潮。

提酒對寒霄，
半洗心腸半洗刀。
灼我雙眸如夜火，
飄飄，
再與相思過幾招。

——浪淘沙令

注：此處的江頭早晚潮，暗示詩人因思念心潮起伏不平。

附〈七絕。無題〉

伴月笛聲夜更濃，
星輝照影曲漾風。
情天恨海無邊岸，
夢渡雲水萬里通。

詩與詩好像在空中飛舞的雪花，偶爾，會交織在一起，但更多時候是各自飄零。
她總是後知後覺，最初以為那是些隨風飄來的花絮，碰巧遇到而已。
許多的緣份就是這樣錯過的吧？錯在不經意間，錯在沒有隨春起舞，化蝶依戀。

舊夢

老眼看吳鉤，輕撫兜鍪。
沙沉舊夢到心頭。
岳峙殘關多少事，
去水悠悠。

攜手匯東流，我立潮頭。
與卿同悅小春秋。
何懼生平江海路，
借月行舟。

——浪淘沙令

注：兜鍪，古代作戰時士兵用的頭盔。吳鉤，皆為傳說中的中國古代一種類似於彎刀的冷兵器。文人寫入詩篇，是一種精神象徵。

詩詞上闕，詩人三言兩句中暗藏一部春秋戰國時期的歷史。詩人感嘆那些史詩般悲壯的故事，人和事都似逝水。

附詩。心路

青山綠水心路遠，
月滿弓上弦，
愁落眉宇間。

樓台亭閣兩筆閒，
寫鳥亦畫田，
採詩薰香箋。

紅塵相思風一簾，
蒹葭入詩篇，
痴情釀酸甜。

詩人的筆下都是些情意之花的綻放，裁句成詩，動情之處便是相思。內心若沒有激情，詩句不會如此飽滿而字句圓潤。

而她，在自己窗前鏡中，輕描淡寫，塗抹自己的一縷愁緒

十里寒風

只在屏前憶舊盟，
歸來聽此寂寥聲。
一泓煙水沉明月，
十里寒風鎖故城。

香雪散，暮岳橫，
依然只影對孤燈。
誰人不做相思夢，
獨我相思夢不成。

——鷓鴣天

附〈七絕。情鎖〉

人生需邁六重門，
念念皆因霧靄深。
不解風情一把鎖，
蒼天亦負有情人。

青春一去，生活便攤牌般，把酸甜苦辣咸的滋味一樣樣擺在人生的餐桌上，不嘗遍，不許人起身。

誰是和尚誰是僧？都是時間的過客，誰沒有被生活擄走初心？

病中感懷

苦病長安歲又還，
心中萬卷復何言。
天涯客子擁爐坐，
夢裏花仙傍月眠。

卿且醉，我瘋癲，
執雲詩句落人間。
頭杯先飲鄉關淚，
再敬風霜到眼前。

——鷓鴣天

注：詩人遠離家鄉，寄居在外，自稱客子。

附〈七絕。歲月〉

浮想沉思錦句前，
任由風雨理情牽。
梨花開盡窗前事，
檀扇輕搖望月圓。

人生風景半坡最，酒醉皆因貪滿杯。
在紙醉金迷的世界，詩人莫非醉心紅塵才這般情意深深？紅塵中的詩句，詩句中的紅塵，究竟哪一種離詩人最近？

煙波垂釣

我本煙波一釣徒，
指尖文字跳如珠。
輕弦撥弄相思曲，
椽筆鋪開日月圖。

心裡有，命中無，
人生最悔莫當初。
黃粱萬事終歸夢，
惟有痴情不肯輸。

——鷓鴣天

注：椽筆，一種特殊的寫作工具。這裡指詩人用的筆。

附〈七絕。無題〉

無痕春去隱花蹤，
俯首難拾往日紅。
歸去來兮歌照影，
一聲鴻影落池中。

手中長竿伸何處，奈何人心若江湖。
垂綸釣餌取何物，誰是魚來誰標浮？
多情紛紛思如雨，萬般滋味苦說無。
這是一場詩雨紛紛揚灑，也關風月，也關情意無瑕。詞風翦翦，心路漫漫，在這些思念如縷的夜晚。

離緒

月出長安起暮嵐，
園爐小坐興方酣。
煙絲酒氣孰難戒，
海影天光哪更藍？

星斗北，水之南，
一懷離緒共誰談。
新愁渾似舊風雪，
濯我當年白襯衫。

——鷓鴣天

注：白襯衫在此有乾淨、初心之意。

附〈浪淘沙令。花展〉

拾趣入花坊，卉草拂裳。
珊瑚櫻長果中黃。
鳶尾搖姿生百媚，
滿目迭香。

難卸是紅妝，驀見風霜。
撫春傷逝現憂傷。
姿影芳叢來又去，
笑對秋棠。

那些詩仍如風中的雨，零零碎碎飄落在她眼前，沒有引起她太多的留意，她有她自己眼中的風景。

賦流年

執筆賦流年，半數無言。
酒痕不似淚痕咸。
步履悠悠卿只記，
踏我心田。

舉目望中天，月為誰圓。
寒風吹影老街邊。
一笑凄然愁路短，
忘了時間。

——浪淘沙令

附〈鷓鴣天。茶敘〉

竹影拈花雨弄牆，
青絲羅綺繡春光。
半杯香片溫閨夢，
一隅寒暄入世涼。

枝繞綠，蔓牽黃，
花前無意試新妝。
語落心事隨冬去，
懷揣一襟明月光。

有時她會這樣想：或許，有一些女人是來締造詩境，而另有一些女人是來幫助男人完成俗命的吧？

感情世界中的成全或是圓滿，都是兩情相悅時脫胎換骨而來的吧？

賒夢

空自年關轉一輪，
荒唐筆墨記難真。
不曾遠志旌旗展，
卻作初心病酒陳。
慣向春秋賒夢色，
幾回滄海渡芳塵。
去時梅雨風沉袖，
今我歸來雪滿身。

——七律

附〈七絕。閒愁〉

雨裡吟詩詩帶淚，
花前說夢夢銷魂。
西風穿夜拂羅綺，
明月情思總惱人。

詩人似乎只要臨風抖擻一下，便可激揚出醉心的詩句。那些詩詞如歌的行板，時不時在她眼前響出節奏感。她讀到那些詩句時，更像是在讀詩人。
幾多襟懷事，傍雨說風聽。長亭九歌遠，芳草如影蹤。

醉夢

攬月流光，
雪落青衫鬢上霜。
但醉黃粱人不醒，
何妨，
衣袂沾來翰墨香。

漫拭濃妝，
寥廓長天雁幾行。
誰笑匹夫猶氣岸，
無雙，
自向東風舞欲狂。

——南鄉子

附〈鷓鴣天。無題〉

雲罩晴川千仞山，
難敵歲月一宵寒。
枝頭翠鳥無蹤影，
山澗溪流空嘆歡。

心鬱澀，夜闌珊，
語難相贈最能瞞。
豪讀萬道人間符，
只取千書卷內禪。

詩人的情懷似在原野撒下的微風細雨，總有收穫不完的低吟詠唱，如歌的行板時不時在她耳邊帶出聲響。她的心境時不時會霧水漣漣，猶疑只因四周環顧，都是滄海雲煙。

再回首

憶想當年，也曾是、飛揚詞筆。
數風流、千峰細雨，與君遊戲。
竿釣瑤池秋月落，
釵斜紫府春山霽。
這光景、盡散落詩篇，書生氣。

金烏墜，流光起。
回首處、人間異。
今鬢毛衰矣，幾重悲喜。
枉我十年蝴蝶夢，
留卿一紙相思計。
卻言道、不肯負當初，平生意。

——滿江紅

注：金烏，是中國神話故事中駕駛太陽車的三足神烏，在此指太陽。

絲絲細語

年少心志，浮爍行間。
歲月流金，辭剝悲歡。
山水豪情，已付當年。
情透相思，一句千言。

金烏墜，流光起。美好的景象，夕陽西下般幻滅了，剩下的日子就像月輝流瀉在歲月的光盤上。美好的時光留不住的那抹淡淡憂傷，躍然於筆墨間。

第二篇

西風搖葉帶淚落
篇篇詩詞都關情

遠山

那是一場詩雨紛紛揚灑
也關風月也關情意無瑕
詞風翦翦，心路漫漫
在那些思念如縷的夜晚

那是靈性顫動的一季雪花
隨酥風漫捲，隨丹輝醉雲霞
掉地默默浸泥
落枝卻能夠銜春溶化

抬頭望月，只見一輪明月彎
彎成了彼此相望的海岸
只見背影與背影間的一線遠
遠成了碾作泥的花瓣
遠成了紅塵中的孤影寒山

拈花

月滿青山窗下坐，
兩筆閒詩，寫就蒼天和。
點檢平生多福禍，
寒星寥落無關我。

座下誰拈花一朵，
似此紅塵，
又是何之過。
不解卿卿心上鎖，
如今爾也痴迷麼。

——蝶戀花

附〈七絕。情思〉

庭前小院又花開，
不見伊人羽扇來。
尺素幾番收又展，
情思隨雨落石苔。

她隱隱約約覺出有一雙眼睛在遠處注視著自己。這雙眼睛閃爍出來的光線近在咫尺卻又天涯，可感而不可觸。

這是能讓她瞬間心舒倦釋的一種遇見，情理交融的文字，那麼詩人呢，可是一個溫和如玉的人？

香凝

醉裡看娉婷，
夜色清靈。
弓如弦月箭如星。
恨我痴迷猜不透，
是汝芳名。

顧盼動心旌，
梅雪多情。
幾重悲喜盡隨卿。
自此花開無別色，
一縷香凝。

——浪淘沙令

附〈七絕。無題〉

柳垂河堤綠萬絲，
紫鶯聲婉倚高枝。
若無羽舞桃花雨，
何有春潮漲玉池。

她一眼就捕捉到了那抹醉眼的色彩：是汝芳名。這抹色彩像是被春風撩撥過一樣，在她眼前暈染開來。晨曦映窗，有人對風撥弦，好似在向她吟唱。

寄情

把盞敬春風，
流響懸淙。
梅邊一指雪消融。
自我微醺得意處，
痛快心胸。

落筆寄飛鴻，
箭射長空。
時來萬象再盈沖。
酣暢文章金玉氣，
天地玲瓏。

——浪淘沙令

把盞問東風，何故總匆匆。聚時若無語，散時怎有蹤。

也許，古寺山海經於詩人已了然於心，縱橫筆墨，山海寥廓。

而她年少時就吟誦的相思紅豆，已凝成了記憶中的一粒朱砂痣。

附〈鷓鴣天。輕愁〉

曾翦君心共我影，
高山流水曲難停。
花緋數朵怡人意，
柳碧千絲秀翠亭。

春易老，綠空靈，
從來香誓嘆無情。
易留兩段風花事，
怎守一廂桂月明。

世事如弦

往昔青衫渡少年。
瘋狂多醉語，賦詩篇。
蟾宮桂畔抱花眠。
月色淺，疏影落樽前。

世事竟如弦。
如今堪笑我，太瘋癲。
若無心痛不能言。
誰又肯，背對這人間。

——小重山

附〈小重山。人間〉

舞扇撲蝶艷陽天。
長裙拂翠柳，是華年。
三生石上響流泉。
心搖曳，素月照花箋。

世事映窗前。
城池風雨罩，起寒煙。
低眉無意向誰言。
只帶笑，笑看這人間。

詩人的這闕詞如漂流瓶般出現在她眼前時，已是兩天後。詞的節奏感及最尾一句觸動了她。

她隨心性賦詩，和自己當天拍攝的照片一起製作成影片。照片上的她紅裙黑靴，輕風素雅，略見風霜。

抱恙

年初抱恙似舟沉，
無盡寒風昏曉侵。
到底相思終入骨，
原來過往不經心。
情濃筆下應難寫，
話至喉間自可喑。
病體消磨時日久，
藥痕空上舊衣襟。

——七律

附〈七絕。風〉

輕撫園林萬綠發，
扶籬催雨注芳華。
剛攜秋令逾重嶺，
又載春分上樹椏。

詩人在帶病吟誦，她卻渾然不覺。有些詩詞她是後來才細讀，之前的那些迎風沐春的笑語歡詞，只不過興起揚灑。緣來任風吹，有情凝成句，無心散作煙。已經風霜，一切於她，如雲似霧，更似沙。

無題

歲到中年萬事輕，
虛浮腳步未留名。
金絲慣賒人情債，
刀刃徒開路不平。

風裡草，過河兵，
餘生落子入棋枰。
回頭便是逍遙處，
我又因誰不肯停。

——鷓鴣天

注：棋枰，即棋盤。詩人在此暗指自己掉入感情的棋局中。

附〈鷓鴣天。暖風〉

陌上花開又一年，
燕銜舊誓上新檐。
琴撩簾幕聲難斷，
曲蕩和弦心水間。

風繾綣，雨翩躚，
深情欲訴對誰言。
柳笛拂我心如錦，
夜起相思落紫箋。

生活，以狂風暴雨的方式對她橫掃而過，好長時間，她心中殘留著殘枝敗葉的痕跡，少了理雲鬢、貼花黃的心情。

詩詞中的情緒可以傳染人吧？

鷓鴣天的韻律似乎能敲出節奏，於是她也寫上那麼一兩句。

悲吟

何懼無端歲月侵，
幽懷錦繡動悲吟。
季鷹杯煮長安雪，
伯牙琴操故土音。
四十身名輕似絮，
三千煩惱密如林。
卿為皎皎纖柔月，
照我愴然匪石心，

——七律

注：季鷹，西晉時期文學家。伯牙，春秋時期民間琴師。
匪石，也有典故。這裡指心志，形容堅定不移。

附〈七絕。有感〉

滿腹情思一縷愁，
蓮心字句向誰郵。
風推朗月臨江照，
雨送清荷映水柔。

匪石之心，固不可轉，暴雨不蝕，狂風難捲。詩意捲著一抹淡淡的香氣，即使匪石的字眼堅硬，亦無礙詩意的柔美，令她讀詩時會忘記季節，忘記生命中的憂傷。

歲月留痕

載酒依然客裡身，
金刀鐫刻掌中紋。
筆端無那清靈字，
眼底猶留歲月痕。

蝶戀夢，幾當真，
與卿皆是過來人。
何須問我緣深淺，
濁世相逢已足珍。

——鷓鴣天

附〈七絕。蠶〉

桑綠鋪春引臥蠶，
絲絲縷縷祭春壇。
痴嚼翠葉何知苦，
誰又多情不自纏。

詞風翦翦，心路漫漫；思念如縷，月輝滿窗。仿佛臨窗聽詩，那詩情如笛音般的清越委婉，字字透膚，句句濯心，引她夢來。雖然秋意漸濃，似乎春從未棄她而去。在生活縱橫交錯的阡陌上，從何處落腳，踏上這枯榮消長的芳草情路？

相思意

敢問何人悟始終，
每於因果嘆匆匆。
妝梅點雪原非色，
老眼觀花豈是空。

情所起，憾無窮，
此般心境與誰同。
願卿知我相思意，
不解連環別夢中。

——鷓鴣天

附〈鷓鴣天。紅樓〉

歲歲紅樓語不休，
彩雲霽月惹風流。
玉留公子多情種，
淚映瀟湘孤影柔。

修夏院，剪春愁，
不餘我輩嘆冬秋。
荷鋤收盡桃花事，
笑納清風解怨憂。

不解紅樓笑黛玉，不解黛玉笑花鋤，各解各人愁。緣來任風吹，有情凝成句，無心散作煙。不說當年事，只聽眼前人。

有人望月有人看雲，好像一樣，其實不一樣。每個人的心中有著各自的風景，各自的圖案。

飄零

身世漫飄零，
多少曾經。
江湖路遠兩浮萍。
說與清風不解語，
吹過空庭。

笑我恁多情，
細數寒星。
焉知哪個為伊明。
只做痴人生囈語，
待水成冰。

——浪淘沙令

注：待水成冰，需要極其寒冷的氣溫。詩人在暗示自己的情意不被對方所知而心境寒涼。

附〈七絕。寒星〉

寒星數落憶千吟，
解語清風漫蘙林。
多少曾經隨舊夢，
浪蒼付笑剩如今。

心情，是跟著生命的季節在變換的吧？可是有些人，一生都攜帶者情意，順著心意去走，生命豐潤而有色彩，走出卻是漫漫長路。此生知心有幾人？若我不知你知心，你又怎能說是我知心人？

孤影

長伴孤燈慰寂寥，
經年往事動心潮。
雪為疏影千行淚，
夜是傷情一把刀。

風漫捲，酒香飄。
杯中烈火掌中燒。
誰人贈我梅花夢，
多少相思信筆描。

——鷓鴣天

附〈七絕。無題〉

相思身倚望江樓，
遙寄天涯萬里愁。
細翦西窗菊桂瘦，
詠懷情意漫楓秋。

那一簾春夢，好像來過，又好像總是拂她而去。那紅塵中的吟唱，是自己的遺恨還是向往？她想不透，又怎能說得清。
或許有些女人是來締造詩境，而另有一些女人是來幫助男人完成俗命的吧。

心事

且把荒唐說與卿，
將來獨木哪堪行。
他人妄語空陪笑，
自已心聲不忍聽。

胡不喜，恨無憑。
最難消解是人情。
經年眉鎖尋常事，
化我雙眸點點星。

——鷓鴣天

絲絲細語

附〈南鄉子。傷春〉

綺夢入春光，
久對離情易感傷。
閒伴浮雲遊四野，
蒼蒼，
悵望晴川百里香。

最怕枕黃粱，
醒後無言撫寸腸。
憂負飛鴻千字錦，
茫茫，
入雨情絲徹夜長。

她喜歡和大自然打交道，山風撩髮，溪流洗耳，柔情蜜意何止在人間。若是晨起行走於山徑，怕拂袖，不經意碰落葉尖露水漾動的晶瑩。詩人的詩句亦如晶瑩的露珠吧？

雁書

雁書遙寄白雲邊，
欲捧痴心敬爾前。
愧我情懷如野老，
憐卿風骨似飛仙。
暮搖月色朝含露，
濃隱簫聲淡抹煙。
知否人間香萬種，
拈誰一縷入詩篇。

——七律

附〈七絕。無題〉

情入相思酒入腸，
撒香詩語暖心房。
願撫星夜清秋月，
隨君臨風詠宋唐。

她和詩人像是在坐碰碰車，一會兒飄遠，一會兒又靠近。詩心還在，情懷卻被各自裁成了自己喜歡的圖案。

也許，人活一生只不過是來悟一個或幾個道理的，等你甚麼都明白了的時候，這個世界已不屬於你了。

塵緣

一筆塵緣枉自猜，
疏狂背影放形骸。
才思每共相思起，
鄉夢長因別夢來。

心似鏡，惹塵埃，
青山滿月久縈懷。
故提香火佛前問，
這樣痴情該不該。

——鷓鴣天

注：疏狂，形骸，是指形體帶出的狂放、不受約束的感覺，自由自在。

附〈七絕。如寄〉

一簇新詩一縷魂，
魂魂香繞有情人。
人花品趣相迎照，
照水棠花不讓春。

新春漸近，殘寒未消，但並不防礙她把夏天的風情展現。朋友發送的歌曲觸動了她：我曾經等過你，因為我相信，你說的萬水千山細水長流……

影片中的她，頭戴綴花太陽帽，袖露長臂，風捲裙擺，柔姿曼影，向著晴陽下的石梯悠然走去。會給人一種放浪形骸的感覺嗎？

隨緣

聚散如何且任之，
因卿記取眼中痴。
一彎筆底凌霜月，
多少眉間瘦雪枝。

紅豆曲，沈郎詩，
人間最苦不逢時。
合當命數終須有，
再醉長安也未遲。

——鷓鴣天

注：凌霜月，瘦雪枝，皆為詩人心目中女子的美態吧？冷傲，玉潔，可望而難及。

沈郎，古代詩人，為其心愛的女子寫詩。沈郎詩，在此句中和紅豆曲同含相思之意。

附〈七絕。思〉

靜夜吟詩帶雨愁，
滿紙箋語捲心流。
忽聞紅豆南風送，
一枕情思葉葉柔。

那些詩情，若飄起來如風，落下來就是雨了。原來，情意的原野可以荒草連天，也可以花開爛漫。詩人的詩境深遠心境遼闊。誰是詩人心中把臂青山同遊的故友，誰又是詩人揉入蝴蝶夢中的香影美眸？紫嵐繚繞處，誰是誰的景，誰又是誰的甜？

暖心

又是長宵久閉門，
金樽獨醉異鄉人。
借卿淺笑窗前夢，
暖我深寒酒後身。

圓月夜，淨無痕，
香茶有意對誰分。
東風吹去紛紛雪，
再見梅花卓不群。

——鷓鴣天

附〈鷓鴣天。臨雪〉

踏雪臨風冷意藏，
撲身如影倚君旁。
白巾柔捲枝頭雪，
素顏笑收梅蕊香。

離市邑，現疏狂，
撒歡捧笑任張揚。
縱情四野無歸意，
欲灑寒酥醉寨鄉。

梅雪縈心。在冰雪的晶瑩世界中，感覺不到寒冷，心和情都是透明的。

她忘乎所以地玩雪，那詩附帶的情有多少，她沒有著意。感情世界原來是這樣美好，雪為一人飄，梅為一人香。

感懷

何故良宵淚滿襟，
歌行磊落到如今。
從來洗耳滄浪水，
一抹凝眸碧草心。
指縫煙沉愁又滿，
山頭月小我登臨。
周遭寂靜秋風裡，
捨汝誰知弦外音，

——七律

附〈七絕。入情花開〉

許是飛鴻照影來，
入情一念萬花開。
芸窗難掩秋時雨，
夢起寒江憶滿懷。

三生石上，曲入幽篁，放上了春季折下的一條柳枝；刻下了擦也擦不掉的醉心圖騰；留下了藏也藏不住的憶海情深。

暢快

暢快心胸有幾回，
長安夜色莫辭歸。
流雲但借疾風舞，
陳酒還需慢火煨。

舒廣袖，再揚眉，
情韁恨鎖一刀摧。
風輕月小方知夢，
不記人間我是誰？

——鷓鴣天

附〈七絕。梅〉

秋來春去著花遲，
寂守飛天玉蕊時。
凝雨寒枝情若水，
香纏魂夢共相知。

一弄梅花不知雪；二弄梅花知雪深；三弄梅花不見雪。漫長的光陰，總會有人在花香中想念，在煙火中相守，在歲月中相知。

迎春

莫問曾經堪記否，
青衫輾轉紅塵。
閒愁留與去年身。
夜來一歲滿，
夢醒四時新。

借我騰龍真膽魄，
昭然執筆晨昏。
與卿詩酒笑迎春，
無邊風與月，
方寸小乾坤。

——臨江仙

注：最後一句，詩人駕輕就熟的文字功力，寫出了對倆人世界的小乾坤的向往。意在表明，世界很大，只要對方在，便自成一個完美的小天地。

附〈七絕。無題〉

晨起開機雪滿屏，
衾衣不觸冷風行。
何時一曲春笛起，
滿目蒼薇簇窗櫺。

那是靈性顫動的一季雪花，
隨酥風漫捲，隨丹輝醉雲霞，
掉地默默浸泥，落枝卻銜春溶化。
歲月不居，一任歲月的花瓣隨風飄灑，即使俯拾一朵，她也想把
它別在髮梢上。
如果愛的詞典中，沒有辜負該有多好。
她習慣於把心交給陽光。

畫中身

記否雲邊潮起落，
如今久絕音塵。
和風漫捲畫中身。
十年清夢裡，
猶待解鈴人。

暮雨清靈橫笛夜，
空教兩處銷魂。
香茶繚繚半簾春。
白頭山海客，
獨鎖一天真。

——臨江仙

附〈行香子。感懷〉

晨曦穿堂，流水時光。
欲梳理、浮世紅妝。
庭前疏影，月桂飄香。
繞心思悠，愁思密，情思長。

風搖柳絮，牽我神傷。
不停歇、箋雨敲窗。
纏綿字錦，入夢揉腸。
納愛千縷，詩百首，願一廂。

目之願及，皆為景；心之所動，皆為情。

詩人在解畫嗎，看到了影片中的她，正面海而被海風吹得髮飛裙舞的背影？

只要面海，有些歌就會向她海浪般奔湧而來：依舊是秋潮向晚。

綺夢

醉鄉不似故鄉遠，
綺夢相思挽。
詩懷繾綣為卿開，
只恨漫天風雪，
送愁來。

糊塗一晌痴心痛，
最是梅花弄。
浮生難料本無常，
看我閒來償願，
鳳求凰。

——虞美人

附〈南鄉子。對月〉

對月總憑窗，
淺淺浮光畫影長。
眾裡偶拾詞兩句，
思量，
借酒誰揮妙墨香？

舊韻任悠揚，
望斷煙霞九曲腸。
折柳桐花昔日事，
情長，
錦筆流詩怎斷行？

她在平台玩續詩，綿綿情意一早就裝幀好了似的，只待一個時辰，取來賞讀而已。那一瞬，她驚喜於自己詩情中的遇見，令自己心舒倦釋，那情理交融的文字，是否來自一個溫潤如玉的人？

意氣

長安杯酒，意氣為誰雄。
死生共，千言重。
快哉風，古今同，不渡烏江口。
平生勇，從未悚，憾如湧，
垓下酒，暢襟胸。
寥落烽煙，楚地群山擁
不霽何虹。
想前塵如夢，傾淚滿雕功，
寂寂長空，恨無窮。

待千年降，管弦弄，
凰棄鳳，失梧桐。諒誰懂？
遙目送，雁何匆，覓君蹤。
自有英雄種，自殊眾，月明朧。
心微動，長煙攏，鬢霜叢。

史冊春秋，多少世情洞。
此際愁濃。
恨未生楚漢，伴爾嘯蒼穹，
血染袍紅。

——六州歌頭

注：詩人吟誦中的英雄緊貼烏江口，指的便是當年在烏江引頸自刎的項羽。

附〈五律。有感〉

驀見烏江口，滔滔逝水流。
殘陽悲古道，朔雨泣千秋。
落敗王為寇，功虧羽不留。
雄篇聞酒氣，月照古魂丘。

此闕詞如同騰雲駕霧攜來，豪氣干雲，橫掃霧霾；更似倚劍長嘯，氣貫虹天。

我彷彿看見詩人手撫琴弦，面向長亭古原放歌。生活的琴弦在手，輕撥重彈都是情意。

第三篇

多少窗前寂寞事
酸雨無聲已淋滏

背影

我想採擷一縷春光
你初卻帶來晚風的清涼
這世界已不是我想像的模樣

露珠兒已不能閃耀在
翠綠的草尖
一如眉心凝思萬千
卻不能對焦你的笑臉

世界已支離破碎
畫不出一個完整的圓
何不讓我用背影
描摹出斜陽親吻著大地
任你浮想聯翩

可記當初

可記當初事美芹，
耽於苟且計斤斤。
偶遇東風羞落筆，
愧青萍。

醉臥青山白月朗，
愁凝秋水翠眉顰。
為汝弦歌清絕夢，
負殷勤。

——攤破浣溪沙

注：典故：南宋時期的詞人辛棄疾所論述的十篇軍事著作，合稱為《美芹十論》。

青萍：指劍。

愧與負，指有愧於自己，又被人辜負，暗示詩人在情感的漩渦裡打轉。

附〈七絕。無題〉

十論美芹戰事篇，
稼軒筆下字如娟。
深情若攬雲河訴，
易將輕愁化紫煙。

詩人筆下的美芹更像是人名，似能見女人娟娟淑影在文句中晃動。那是他千呼萬喚中的女子吧，盈盈愛意露水般若隱若現，擬作誰呢？

目送

目送山河落日邊，
倦擁爐火未成眠。
詩逢酒興留青骨，
酒借詩情駐玉顏。

相遇處，笑無言，
流光春草淡如煙。
幾回幽夢空餘恨，
猶照痴心老鏡前。

——鷓鴣天

附〈七絕。讀〉

夕照晚笛雨似煙，
絲絲竹語動心弦。
絮風揚落春庭夢，
含笑回眸又少年。

心情，是跟著生命的季節在變換的吧？可是有些人，一生都攜帶者情意、順著心的指向在？
清晨的小徑旁，翠木迎風搖曳。枝葉上晃動著一些露珠，伴隨著詩絮，不斷在眼前晃耀。
因為有詩，眼中的世界可以美得風搖翠滴。

無題

已是人間路半程，
長安月下舊書生。
一身風骨何須問，
幾兩初心不敢稱。

煙作伴，酒為朋，
詩文漫捲夜無聲。
他年許做江湖老，
猶恐痴狂夢未成。

——鷓鴣天

附〈鷓鴣天。春遊〉

瀲灩春情溢晚空，
久生寥寂浸簾籠。
柳前有曲合心意，
月下無笛訴隱衷。

風翦翦，雨濛濛，
晴川帶醉半坡紅。
綴貼一襟含香句，
笑灑南山綠意濃。

讀著那些詩句，她似乎看見自己內心有一叢紫羅蘭，在詩情雅韻中次第開放。那些被人思念的日子，無論你如何編織，都叫做美好的時光吧？

心事

記不得曾經，雨雪陰晴。
輕狂一路少年行。
許是韶華虛度了，
說與誰聽。

面具已隨形，愛恨無憑。
思量愈久未分明。
最怕徒然求不得，
撕裂心情。

——浪淘沙令

附〈七絕。無題〉

歸鷺披霞舞燦陽，
漁舟唱晚沐金光。
渡得喜樂相逢日，
離恨漂流任水長。

行雲雨落入紅塵，天涯曲起易懷人。
情如碧水潤心菲，沉醉不知晨與昏。
有一種期待，裊裊升起在她向遠的佇望中。

互相聞

遺憾當年看未真，
緣生因果豈由人。
靈犀不解石中玉，
煙火常燒檻內身。

雲聚散，忍相聞，
卿如月色淨無塵。
偏來刺我心頭血，
流做腮邊淚幾痕。

——鷓鴣天

注：石中玉，即藏於石頭中的美玉。此句指內心的美好不被理解。

檻內身，指身在紅塵，難免被各種世俗困擾，只能借煙燒愁。

附〈七絕。雨〉

雨落凡塵送不回，
攜風結伴莫相違。
枝頭許下長青願，
同臥花叢醉翠菲。

煙波渺渺，身影飄搖，雁聲飛來又飛去。春風暗渡，夏至隨來。
綿綿細雨敲窗的季節。
期待是一簾未醒的闕歌，周圍呢喃的是囈語。
無論她如何睜大眼睛，難以看清的還是自己。

故夢

一樣山河風正懸，
襟懷故夢入新年。
難分經緯十七道，
空賦詩詞三兩篇。

天有命，我無緣，
因誰此地久流連。
當壚不見舊霜雪，
斜月穿窗到枕邊。

——鷓鴣天

注：壚，古代用作放酒壇的土墩。當壚，指當著酒具，此處暗示有酒相伴之意。

附〈浣溪紗。秋水〉

秋水長天過雁風，
拂衣煙柳岸西東，
篷舟不再問行蹤。

濃茶一杯驅睡意，
愁思幾縷嘶聲中，
離情兩處境相同。

青青的野陌上，晃動著一些露珠。一陣清風吹過，露水沒有了蹤跡。
春光露晞，曇花一現。放眼沿途，四野橫秋，情意如歌亦如畫，聞
似絲竹，味如香茶。

涼夜

喧囂寂靜散空場，
呵氣夜微涼。
聞笛閒尋疏影，
向風淺訴衷腸。

星雲暗淡，長街冷落，
詩句含香。
徒有三春音訊，
憑誰報與東皇。

——朝中措

注：東皇，指司春之神。詩中暗指詩人無處傾訴。

附〈七絕。無題〉

俗世紅塵惹怨憂，
竹林細雨洗閒愁。
離情最痛纏身走，
珠淚無由望月流。

那些詩詞可吟更可唱，引起她內心珠落玉盤般的聲響。她第一次感到古詩中的「當窗理雲鬢，對鏡貼花黃」的詩句是那麼的兒女情長。

秋詞

明日天涯未可知，
秋風詞裡遇君遲。
多情兒女多紅淚，
自古情懷別樣詩。

何處覓，為誰落，
風陵渡口似當時。
娥眉望斷潼關月，
不見青衫楊改之。

——鷓鴣天

注：潼關，地名，臨近黃河，地勢險要。
楊改之，小說家金庸史詩般故事中的人物，既有神雕大俠的凜然風骨，又不失飄然若仙的俊逸之氣。

附〈七絕。皇后蘭〉

細雨無聲浸露臺，
情思萬點落幽懷。
秋來疑是香還在，
皇后蘭花繞指開。

詩人在借一個女子望斷天涯路卻見不到心中所愛，表達出愛之切、情難卻的相思之情，同時也在暗示自己情路漫長，關山重重吧？時空沒有距離，可以上下五千年陸海遙遞。

情意千迴旋，縹緲雲林，就怕落入凡塵，猶疑間，一不小心散成一縷煙。

蝶夢

曾記黃昏起霧嵐，
悠然獨坐戲台南。
閒沽美酒青山醉，
偶做黃樑蝶夢酣。

春又至，共誰談，
東風寄語過崤涵。
雄關古道今何在，
冷月無言上薄衫。

——鷓鴣天

注：崤涵，長安附近的古道，也是古代中西方文化交流的重要通道。

詩人借古詠今，表達出滿懷思古幽情而無人可以傾談的感慨。

附〈七絕。歲月無聲〉

風滿寒山月滿樓，
蟬鳴聲起一葦秋。
無聲歲月匆匆過，
溪水情思日夜流。

她習慣性地把自己的心情捂得緊緊的。默默流成心曲。詩人的詩詞帶給她一簾風月一襟盈盈歡欣。她被濃郁的情思包圍著，詩意的雪花漫舞。

新愁

陌上風欺古調陳，
新愁點染舊星辰。
幾時鴻雁傳芳信，
那片林澤容我身？
清冷蕭吹秦塞曲，
疏狂人賦洛川神。
輕盈詩句如秋雨，
自向心頭撣玉塵。

——七律

附〈鷓鴣天。望〉

望盡星辰聞曉風，
幽篁曲起入情衷。
三生石上新枝柳，
一夢春來舊影蹤。

鄉語軟，客心濃，
紙鳶心語散晴空。
何時雲水千般意，
共裁東風一笑逢。

桃花十里，柳絮霑衣；桃花扇前，淚水漣漣；桃花人面，音信杳然；桃花溪水，總負笙情；桃花源裡，一夢華胥……只聽杏花聲，不說桃花雨。

無題

枯槁形容無處藏。
中天冷月照行囊。
凝砂錦字空悲切，
振翅黃蜂枉自忙。

裁夢色，借疏狂，
但留詩骨著文章。
明朝報與東君曉。
欠我春歸雁幾行。

——鷓鴣天

注：東君，此處指司春之神。
春雁，詩人在此指傳情的書信。

附〈七絕。撫花〉

春去春來總有期，
撫花玉指弄薰衣。
巧心惜取香難散，
零落荒蓬蕊入泥。

她在放牧心情，青青的野陌上，花草遍地。山風撩髮，溪流洗耳，
柔情蜜意何止在人間。
蒼山賦意，翠草銜心。

逆水舟

鷓鴣填罷久思量，
誰引孤舟逆水航。
退筆當初題柱客，
曠年今夜老何郎。
許多經歷難由己，
一路行來遍體傷。
閉口無言沉默久，
不知名劍向誰藏。

——七律

注：題柱，題句於柱上，喻立志求取功名。暗示當年滿懷豪情壯志的人如今要承載歲月風霜。

附〈鷓鴣天。遙〉

向晚涼風弄紫檀，
新愁常被舊愁纏。
剛聞酒醉三樽綠，
又見詩留一夢藍。

星隱現，月蹣跚，
離愁別緒淚潸然。
晨間愁望煙波路，
日暮情生又關山。

歲月，矯健如輕風踏過叢林，窸窸幾陣聲響，留下了枝搖葉晃的痕跡。

歲月，更像一管煙槍，把人當煙絲慢慢燃盡。被它吸走的每一口都是自己的芳年華月呀！

獨行

輾轉長安九陌塵，
獨行瀟洒幾回春。
三千里路他鄉客，
四十年來大夢身。

杯已罄，淚猶溫，
冰心世眼各清渾。
暗香飄處卿如月，
自入蓬蒿久未聞。

——鷓鴣天

注：蓬蒿，草叢。借指紅塵俗世之外。

附〈七絕。雨夜〉

雨裡吟詩詩帶淚，
花前說夢夢銷魂。
西風穿夜拂羅綺，
明月情思總惱人。

蓬蒿？不知怎麼會令她聯想到自己寫的「撒向耶溪伴水流」的詩句。有些巧合，首尾相連，如同被歲月恰到好處剪接般。美好而不露痕跡。

紫陌長安

紫陌長安花似雨，
春來又誤歸期。
輕狂醉酒任痴迷。
風催書劍容，
身染藤蘿衣。

城北瀟瀟愁悵處
青山自在舒遲。
一行鴻雁百行詩。
秋霜明鏡裡，
意氣少年時。

——臨江仙

注：藤蘿衣，即紫藤，紫色，含思念之意。

附〈鷓鴣天。茶敘〉

竹影拈花雨弄牆，
青絲羅綺繡春光。
半杯香茶溫閨夢，
一隅寒暄入世涼。

枝繞綠，蔓牽黃，
花前無意試新妝。
語落心事隨冬去，
懷揣一襟明月光。

那是玉指劃過的夢境，庭院深深，深幾許？音訊杳杳，杳無期。人海浩浩，浩無際；音容渺渺，渺如雲。

於荷香的季節，心事任清風梳理，搖曳出無數的曾經。

舊曲

斑駁淚痕司馬衫，
西州故曲醉羊曇。
誰家悲喜今羞問，
此卦吉兇猶恬占。

花滿樹，憶城南，
也曾高枕夢沉酣。
依稀太白當時月，
待我重來對影三。

——鷓鴣天

注：羊曇，東晉時期的人物，重情義，好感舊興悲。好友於西州離世，故其行不過西州。
司馬衫，司馬，古時的官名。
衫，青衫，舊時官服。這裡指淚濕衫，含傷情之意。
詩人以古牽今，在追述古代重情之士時，暗示自己的心向。

附〈七絕。讀你〉

馥郁情懷隨心裁，
柳梢詩趣對花來。
腹藏金玉篇章秀，
眉眼盈笑蘸墨開。

那些詩句，漂浮著歲月光影。誰又不是歲月中的俘虜。
在情感世界中沒有勝負吧？大多是束手就擒，輸給自己。
一切如夢似幻，一剪輕愁，漫入心頭。

為汝香濃

二十年來解戰袍，
詩書戒馬一肩挑。
眉間思緒聽風舞，
指上殘煙和酒燒。

睨醉眼，笑春潮，
願隨梅雪兩飄搖。
枝頭多少痴情瓣，
為汝香濃不肯凋。

——鷓鴣天

注：痴情瓣，指梅花。這裡詩人以梅花自喻。

附〈鷓鴣天。白璧〉

心路遙遙付令辭，
錦雁聲動鏡花池。
年華付水東流逝，
情意托春來有時。

雲鬢散，玉釵疵，
梨枝花落惹愁思。
塵封白璧無雙影，
香盡紅爐仍有詩。

她被濃郁的情思包圍著，詩意的雪花漫舞。

她也開始隨風起舞，在自己的影子裡，表達一種無可奈何花落去的心境，內心開始有了某種期盼。

這種期盼，像塵封了多時的紅酒，一旦開啟，便會自斟自飲自我陶醉，墜入紅塵遐想三萬里。

無題

半世消磨付劫灰，
運藏離火待雲雷。
窗前屢墮丁香恨，
末路難辭阮籍悲。

今夜好，莫頻催，
廿年銜取百年杯。
清明時雨梅花落，
解釋春風負了誰。

——鷓鴣天

注：阮籍，三國時期的詩人，為人坦蕩，個性及行為獨特。
丁香恨，此處表示一種難以消除的情思愁怨。

附〈小重山。聽雨〉

楊柳輕搖楊柳風，
初晨雨醒夢，浸簾籠。
隔窗斜影映殘紅。
千般意，一懷煙雨中。

最怯向春風。
怕濕衫袖重，負情衷。
陽春入味窘詞窮。
思幾許，難掩醉香濃。

世情如何說盡，
只當半傻半痴。
不是醒時不醉，
而是醉時不知。

從甚麼時候開始，那舞了一季的帶著情意的風，迎她吹拂，怎麼就飄成了柳絮飄成了雪呢？
現實和詩一樣的朦朧，不說是錯過，還能說甚麼？

執念

日短長安秉燭遊，
星空淺淡語聲柔。
動情詩句三杯落，
徹骨相思幾世修。

緣莫測，亦難求，
與卿相識到心頭。
心頭所念採菱曲，
更比春風勝一籌。

——鷓鴣天

附〈鷓鴣天。採蓮曲〉

迢遞煙波百丈樓，
江畔一水遠青洲。
陌間年少隨春去，
留有青衫罩心頭。

月下影，水中舟，
晚風難翦客心愁。
柔收吳女蓮花語，
撒向耶溪舉棹流。

詩人的採菱曲，和她之前寫下的吳女蓮花語有聯繫嗎？「採菱隨棹歌」，耶溪吳女的棹歌莫不是採菱曲？

那是一個斜照入窗的午後，採菱和吳女的詞彙，在她的眼前繚繞出一幅煙雨繚繞的朦朧畫。

詩人的情懷是那樣的細緻，裁詩裁春亦裁情，借酒澆愁卻不知愁上愁。

無題

獨步良宵憶別情，
蘭花煙煮蓼花汀。
初心誤寄槐柯夢，
半世猶耽蝸角名。

芳袖老，子衿青，
古來緣字未分明。
殘篇尺錦江郎恨，
寫盡風流筆未停。

——鷓鴣天

注：槐柯夢，指美好的夢幻。
蝸角名，指名利上的虛名。

附〈五律。詩人〉

綺夢染詩行，書生意氣狂。
流光烹醉酒，曉月煮離傷。
抱枕一衷苦，揮毫兩袖香。
真情詞意在，海誓哪樽嘗？

一場詩雨，濕潤了心情。
詩人心中的秋水，她了然於心，只是她從不與人語，彷彿一說出口，那些詩便沒了色彩，秋水也會變得濁黃。有些美好，只適合珍藏。

百篇詩賦

浪跡紅塵一散仙，
驅風趕月度流年。
無非花落情生苦，
只是春歸我未憐。

歌綺夢，賦詩篇，
為卿百賦鷓鴣天。
緣來自有凝神筆，
不許時光老玉顏。

——鷓鴣天

附〈七絕。有感〉

陌上拂枝雨有痕，
冰心化水原上春。
百篇歌賦隨情送，
擷取詩魂醉夢人。

不許時光老紅顏，這是多麼情深意切的吟唱。詩人的詩語，帶給她一簾風月的瑩瑩歡欣。

只是，那斜雨叩窗般的琅琅詞響，漸漸墜入了春去夏來的暮色黃昏，包括她剛著上冰藍色彩的那份透明的期待。

回卿悅

暮起天城闕。
捲蒼嵐，霜沉夜色，千年孤月。
涇渭空流寒光下，
負手長宵如徹。
忽聞得，清歌帛裂。
沙場弦翻肝膽烈。
猛回頭，酒熱將軍血。
江似緞，山如鐵。

豐功偉業征人訣。
念此意，前塵歷歷，幾多豪傑。
再把風雲換輕酌，
一紙英魂未絕。
自憑盞，漸成凝咽。
萬里蒼茫風乍起，
洗崢嶸，一夜江山雪。
寄此調，同卿悅。

——金鏤曲

注：千里晴川，幾處紫嵐，請人揮舞豪情，縱橫胸臆，暢快情衷。此調難填。結尾處流轉得這般深情。

附〈七絕。讀〉

隨心情懷馥郁裁，
柳梢詩趣對花來。
腹藏金玉篇章秀，
眉眼盈春蘸墨開。

那些詩句，像能搖曳生姿的花兒，一朵朵綴滿情思和文彩，綴滿記憶中的燦爛芳華。

古時簫，今日笛；征衣寒，離人淚，詩人用詩句搭建出的一個個畫面，在她眼前栩栩如生起來。

第四篇

千帆過後江起浪
水面蕩漾留思痕

化風

在我轉身的時候，
請讓我迎風為你輕輕唱
借桂枝借草香
借金風玉露的翅膀

你站在詩歌的麥田上
撒下花露撒下情深意長
讓我看見
露水，可以在心上顫動
花兒，可以四季開放
情感的駿馬可以脫韁飛奔
思念被你捲成了笛子
能夠吹出的曲子有多麼悠揚

阡陌青衿，那是你的身影
露華凝霜，是我月下的吟唱
現實都有結局
惟詩情如水，載著夢想遠航

春日照

春日逢卿淡淡妝，
娥眉淺笑入衷腸。
茶寮低語閒花落，
竹院風吹歲月香。
曾幾鳴珂登玉闕，
不堪回首向河樑。
長街雙影終須盡，
各自前程水一方。

——七律

注：玉闕，泛指皇帝或神話故事中的天帝居住的宮殿。
鳴珂，有居高位之意。
河樑，有送別之地之意。

附〈鷓鴣天。心枝〉

笑染清風向晚霞，
痴情最易醉芳華。
心開紫蘿千般意，
眉展芙蓉萬朵花。

人海角，月天涯，
一簾好夢入清茶。
田園獨採薰衣嗅，
幾縷愁絲亂作麻。

春日她去海邊，身著連衣裙，玉蘭色的色彩莫非也觸動了詩人的靈思？不然怎麼被詩人點入詞句。

她也寫，蘸著早春的氣息，及憂喜參半的心情。

誰也不知這淺淺而過的浮光，恰如情緣，取捨不由己。若把詩的謎面輕輕翻開，謎底似乎一早寫好，藏在字裡行間。

紅塵中的雨若不把自己打濕，她就不知道誰又該為自己停下腳步。

無題

才名難貴長安紙，
卻表花開第一枝。
今夜傾樽樽做海，
明朝醒夢夢如詩。
曾持紅葉憐春少，
又舞長繩挽日遲。
拋傘前行君莫笑，
只因風雨似當時。

——七律

注：紅葉，喻意人生之秋季，也暗含離別和思念之意。詩人在此表達的是後者。
長繩挽日，表示想留住時光。

附〈浣溪紗。知秋〉

千里雲山紫霧飄，
相思如縷剪難消，
秋攜愁緒上眉梢。

一絡風聲傳雁語，
半窗花絮入寒宵，
素娥星畔一彎嬌。

情深情淺，總會撒下些迷惑。溪語不見流淌，只有漫天詩雪飛揚。詩人更像是對著天空吹笛，若無心聽或未聽懂，那抹淡淡的憂傷連同惆然，只能留在以後的日子，在有月亮的夜晚濃縮成一句：往日如歌。

春回

浩蕩東風春又回，
雲中雁字掌中杯。
銷魂每是清明雨，
刻骨常因劫後灰。
怯倚樓高金谷恨，
莫彈弦斷廣陵哀。
心頭三寸相思土，
卿與梅花一並栽。

——七律

注：金谷，含義多重。含榮華富貴之意，亦象徵曇花一現的人間盛景。
廣陵，地名。在中國古代因一場叛亂，發生過屠城事件。
詩人文墨瀚香，詞句中頻頻引典，人性中的愛恨情仇交織在一起。

附〈七絕。心語〉

入夜幽笛繞雨煙，
絲絲珠語動心弦。
絮風揚落華庭夢，
清曲悠心又少年。

梨花開又落，雁語去又回。相思風攜雨，漲滿心溪水。
那些詩句中，情意纏綣難散，繚繞不開，像空中的雨雁，好長時間在她頭頂盤旋不去，令她縈牽於懷。

夢依舊

歌盡梅花夢不寧，
思卿粉面淡疏星。
少年身世風吹雨，
羈旅生涯角掛經。
何懼塵霾封白璧，
再開霜匣撫青萍。
心如明月詩如水，
款款流觴未肯停。

——七律

注：白璧，純淨的白玉。
青萍，指名劍。

附〈鷓鴣天。心路〉

心路遙遙付令辭，
錦雁聲動鏡花池。
年華付水東流逝，
情意託春來有時。
雲鬢散，玉釵疵，
梨枝花落惹愁思。
塵封白壁無雙影，
香燼紅爐仍有詩。

她在詩歌與現實的距離中悵惘。心有所動，念有所牽，便有向往和掙扎。

畢竟生活不是詩，她內心如小船般左右搖晃，內心需要承載的東西忽而是距離，忽而又是真情不移。

白壁？詩人或許獨到並記住了她的詩句。

從心

走筆從心字幾行，
詩家莫笑太荒唐。
時光不買青山醉，
長髮應如柳絮狂。
誰起玉弦空弄影，
我觀霜腕自凝香。
當初卿本春風容，
何事斜陽上晚妝。

——七律

附〈七絕。心事〉

疏影窗前又幾叢，
樹搖翠葉送薰風。
筆端雲蘊相思雨，
借語丁香話綠桐。

靈感化香，筆底流響。她被濃郁的情思包圍著，詩意的雪花漫舞。詩情繽紛，令草木散發著詩的芬芳，令她的內心一池春水輕漾。若遇情花開，花香陣陣撲面來。

提筆蘸星河

若個人兒堪解語，
貪歡一晌蹉跎。
詩如江海酒如歌。
燭光搖玉影，
提筆蘸星河。

歲月從容經雨雪，
笑看俗世風波。
風刀霜劍奈卿何。
汝為瀟灑客，
我亦醉煙蘿。

——臨江仙

附〈七絕。夢〉

酥雨遙山憶舊遊，
嬌風近水念情柔。
思君夢落千溪水，
一路相思萬里流。

能聽得一首詩詞飄飛的旋律，好似聽曲，也算是拾起了隨歲月飄飛的三兩片深情的楓葉吧？

原來，情意的原野可以荒草連天，也可以花開遍地。

喜相逢

展眼人間路半程，
淚花難笑樹先生。
堂前叩首燈明滅，
心底翻波欲縱橫。
拍案退之秦嶺雪，
猶悲長吉玉樓成。
年華有幸逢卿後，
柔指翩然轉玉衡。

注：樹先生：是一部電影中，一個叫樹的人。

附〈鷓鴣天。憂〉

曾蘙君心共我影，
高山流水曲難停。
易留兩段風花事，
怎守一廂桂月明。

春易老，綠空靈，
從來香誓嘆無情。
花飛數朵如人意，
柳揚千絲秀翠亭。

那些詩歌，如清澈溪水般帶著淙淙的流響；那些情意，飄起來如風，落下來細雨潤心。那雙隔空注視著她的雙睛閃爍出來的光亮，近在咫尺卻又天涯，可知可感而不可觸。

天青色

半世行藏不足為，
春風一縷萬絲垂。
虛名擾攘應無路，
世事紛紜各有碑。
筆做靈丹癒病骨，
山為翠墨掃娥眉。
卿如煙雨天青色，
知否人間我待誰？

注：天青色，有歌曲唱到過，在天青色中煙雨中，等待自己所愛之人。詩人借景意含等待中的一抹心儀的色彩。

附〈鷓鴣天。春遊〉

瀲灩春情溢晚空，
久生寥寂滿簾籠。
柳前有曲合心意，
月下無笛訴隱衷。

風翦翦，雨濛濛，
晴川帶醉半坡紅。
綴貼一襟含香句，
笑灑南山綠意濃。

美好，隨四季都有翻過去的一天。情起生於青荷，意追蹤於蓮蓬。

只要看到那些詩，她的內心便會蕩漾起一池春水。翦翦風中，心路漫漫，延伸至那些思念如縷的夜晚。

從此，這天青色的意境，繡成了她記憶中有關詩人詩詞的色彩，時而縹緲如空谷音彈，時而憂傷似蒼山蹙秋。

裁詩

最是人心懶去猜，
清宵何處惹塵埃。
漫天揚絮待誰詠，
一樹桃花向我開。
照影方知浮世也，
銷魂莫嘆幾人哉。
春風萬里成詩句，
笑與卿卿仔細裁。

——七律

附〈七絕。相思〉

相思身倚望江樓，
遙寄天涯萬里愁。
風動西窗搖桂影，
與君同翦滿輪秋。

我常憑借對花的喜愛，
來懷想那些從我身邊走過，
而帶著花一樣清香的人……

這日，她一如往常，把這段文字連同當日拍攝的影片放在平台上。
那是一樹的紫荊花迎風搖曳，在春日的驕陽下開得絢爛而嬌美。
翌日清晨，她看到翻飛的一箋詩情。

幽香

遍倚南風唱未休，
故攜疏影下西洲。
臨箋幾度拋紅淚，
對月何曾許白頭。
一簾幽香常入夢，
兩肩煙雨再登樓。
夜涼如水卿如劍，
斬我年來不盡秋。

——七律

注：西洲，沒有具體地點。詩人在此處暗示自己的所在地。

附〈七絕。痕〉

多少詩情帶淚吟，
一愁一病最穿心。
吟讀眼滿相思句，
已是琴弦曲斷音。

終是一場雨，淅淅瀝瀝，詩情裊裊一番之後，春來春去了無痕。她翻看到了他的詩句：「我於人海泛輕舟，夢中山仰止，醉後淚橫流。」

就是這麼一句詩，狂潮來襲般觸及到了她噙淚的眼。她開始追溯，去採集那些詩詞中閃爍過她身影的霽月清風，想集成春花秋月落滿紅箋的詩集。

淚灑歌頭

杯酒空談昨與今，
輕弦撥弄小光陰。
山翁未醒莊周夢，
國士猶耽豫讓心。

卿且去，我重臨，
舊時風月滿衣襟。
良宵莫奏當年曲，
淚灑歌頭第幾音。

——鷓鴣天

注：莊周，即莊子，春秋戰國時期思想家，道家宗師，思想深邃縹緲。此句詩人自喻山翁。
豫讓，中國古代四大刺客之一，為人忠誠。

附〈鷓鴣天。聽〉

誰在臨江撫舊弦，
古風雅韻落窗前。
才生情意吟詩句，
又起相思詠月嬋。
燭照影，夜無眠，
奈何命鎖九重天。
轉身怎卸前塵事，
心扣絲竹聽子仙。

若能感受到雨的恩澤，也會知道什麼叫輕風拂面吧？泥沉的是過往歲月，收藏的是難忘的日光星輝。

終是一場雨，淅淅瀝瀝，詩情裊裊一番後，春來春去了無痕。

總是要在走過一段歲月後，才知道往事都似花蕾，許多的溫情都在回望中綻放。

無名

枯筆續曾經，我是無名。
煙圈慢吐到天明。
妄語連珠卿莫笑，
笑也多情。

紙上亂談兵，任爾蛙鳴。
從來世事少公平。
幸有心胸藏絕色，
不計輸贏。

——浪淘沙令

附〈七絕。無言〉

東搖船棹西成岸，
景過眉山已變遷。
風捲離情流逝水，
影歸落日送無言。

因為有詩，縱算時光匆匆，歲月朦朧，天涯西東，依然可以覓尋生活遺落了的影蹤。

那些詩意雪花般，飄飛後悄無聲息化梅化枝化水化入現實。現實很沉重，令她在猶疑中邁不開腳步。

碧草心

可記千言抒壯志，
也曾戎馬邊疆。
少年心境許蒼茫。
錦懷托雁字，
熱血淬魚腸。
碌碌行年虛度日，
如今回首倉惶。
貪杯多是怕淒涼。
弦歌空弄影，
悲喜兩無常。

——臨江仙

注：淬魚腸，此處魚腸指古劍。詩人用「雁字」和「魚腸」，暗示壯士既有壯懷激烈的勇氣，也不乏兒女情腸。

附詩友詩一首

鴻雁南飛秋水長，
蘆花瑟瑟風涼，
舉目江天共一色，
孤帆影裡心蒼茫。
人生幾度逢霜降，
歲月匆匆如浪。
金石錄中藏舊傷，
悲喜兩無常。

金石錄，是宋代女詩人李清照協助其夫君編撰的金石學專著，其丈夫是金石學家。

那天她放了一張面對大海的影片，背景音樂是：秋水長天。歌中有秋水有蘆花。身著薄綢衣裙的她連同長髮，迎風翩然如畫。

翌日，她看到了一名詩友的和詞，這名詩友竟然能夠理解她。或許網友看到了她的影片，又或是一種超然的想像？

回夢處

昨夜酣然回夢處，
心驚幾度浮沉。
如今讖語竟成真。
微風睨醉眼，
紅淚點香唇。

霧惹塵埃輕拂袖，
徒留滿紙貪嗔。
時光如水刻無痕。
當初花似錦，
朵朵為誰春。

——浪淘沙令

附〈七絕。夜雨〉

又是瀟瀟半夜雨，
灰濛無際罩蒼穹。
碧波滄海船依舊，
過眼浮雲夢易空。

朗朗晴空下，無論她如何睜大眼睛，難以看清的還是自己。草木散發著詩的芬芳，只要看到那些詩，她的內心便會蕩漾著一池春水。

情意的紅燭，在淺淡的光景中，忽來忽去的搖曳不定，情感的天空有風也有雨。

隨著那些美妙詩句的出現，那些光和影重疊出詩人的模樣。

歲月碎夢

獨向人間撐一篙，
半江洶湧半江潮。
山川空寄忘情水，
歲月橫持碎夢刀。

燕市酒，楚宮腰，
風流意氣隱塵囂。
此身何惜沉痾骨，
留待春雷野火燒。

——鷓鴣天

注：燕市，指熱鬧的街市。

附〈浣溪紗。遺夢〉

遺夢藍橋落寞深，
晚來雁語入香魂。
倚欄對月印思痕。

紈扇風生滿紙念，
錦箋雨灑半簾春。
玉簪斜落可聽聞？

一場詩雨，紛紛揚落。詞風翦翦，心路漫漫，思念如縷，織著月晚。那些詩歌，帶給她情意帶動出的生命的清澈，如同溪水般淙淙的流響。那些情意，飄起來如風，落下來就是細雨茹心。美好隨四季都有翻過去的一天，情起生於青荷，意追蹤於蓮蓬。

相望遠

冷暖紅塵相望遠，
幾番月落烏啼。
願卿霜露未霑衣。
高台風繾綣，
客路雨淒迷。

別後寒枝棲不得，
靈籤試卜歸期。
心頭深鎖舊時光。
空懷仙侶夢，
不到五陵西。

——臨江仙

附〈七律。園藝〉

新雨東風快意時，
賞花只顧醉心痴。
烏眸珠淚流瑩處，
已是新芽佔舊枝。

春季，去賞園藝，看到了它，令她眼前一亮。這株植物的名字叫做：東風橘。

爾後，翻開詩篇論文，尤如在翻開的歲月中，看到一隻翠鳥站在沒有凋零的樹枝上鳴唱，清麗的歌聲後，啄一啄自己的羽毛，飛走了。如果一定要留念，就記住那於殷殷深情中望向自己的樣子吧，終有一抹香痕甕留眉間，甕成無法言喻的遺憾。

留人無策

古調誰彈松樹下，
平添夜色張狂。
晚風吹徹夢猶涼。
筆停斷腸處，
月冷鬢衰旁。

我與東君行漸遠，
雙眸搖曳殘芳。
心頭深鎖舊時光。
留人無一策，
枉著墨千行。

——臨江仙

附〈七絕。誤〉

雨夜窗前少月光，
心潮翻湧斷詩行。
筆端零亂難成句，
情字偏讀串作殤。

自古琴無一個調，一音不準斷和弦。
詩人掛帆駛來的船隻，在人聲人語的聲浪中飄搖。她剛剛拉開的一簾意願，慢慢又合攏成一團旁人無法理解的圖案。
紅塵中的雨若不把自己淋濕，就難以知曉，誰是過眼的雲誰又是迷離的花，誰該急馳而去誰又該為自己徘徊窗外？

傘中人

久在心頭溫笑靨，
仙姿不惹仙塵。
長嗟筆拙畫難真。
何須胭脂色，
遺世自由身。

莫嘆生平歡樂少，
物華未鎖天真。
襟懷霽月淨無痕。
我如雲外雨，
未見傘中人。

——臨江仙

注：金梭，喻為太陽，詩人此處指時光，婆羅，佛教中指彼岸。詩人在此暗示命運中的神祕。

附詩友詞〈臨江仙。無題〉

紙是詩田筆是鋤，
幾回碩果豐收。
美人書裡盡溫柔。
五千年上下，
九萬里春秋。

塊壘何曾消酒後，
世間幾個無求。
清愁載滿木蘭舟。
心歸即靠岸，
心去逐波流。
這位詩友時不時會撒下兩句詩行，把她喻為木蘭舟。他怎麼知道她的存在？
他自稱紅塵鄉下客，聲聲催悲歌，教人江湖萍遊、借酒風流，說甚麼誰能立世如荷，再一句酒向夜燈紅。
左亦兄來右是友，一聲大風起，催兄鵬展翼。
如此仗劍瀟灑，來世間豈不是神遊？

塵緣

難信塵緣終是夢，
當初紅葉親持。
檀郎如夢亦如痴。
淚凝風起處，
月出雁歸時。

記憶朱顏猶未老，
與卿再綰青絲。
個中因果幾人知。
年來蹤跡遠，
不肯就寒枝。

——臨江仙

附〈詩。玄〉

紅塵情深幾許，幾人參悟玄機。
山高必歷險境，水遠回程歸心。
靈台若是蒙塵，愁苦難免無期。
詩情紛紛雨下，清瑩點點茹心。

天涯相望遠，悲喜入詩篇。聚散四季在，情路九曲彎。
難言心中事，憂傷壓眉間。相逢已是歌，詩闊心地寬。
後來，她從那些詩箋上，讀出詩句中沁出的點滴感悟。
無論感情還是人生，往往容易敗在最後的一筆。

臨江不成篇

一盞江山收眼底，
算來今夕何年。
雨如柔指動心弦。
浮生皆若夢，
漠漠與誰言。

萬縷輕柔橫白髮，
柔情散作輕煙。
臨江詩句不成篇。
秋霜明鏡下，
破帽老鏡前。

——臨江仙

附〈臨江仙。別夢〉

夜半雨聲搖夢落，
繡帷暗向窗前。
滿懷心緒漫無邊。
逝川觀杖旅，
綠野覓蒼簷。

欲啟相思謀舊趣，
萬重雲水寒煙。
春心錦瑟已無弦。
南華悲夢境，
孤意化紅箋。

從甚麼時候開始，那舞了一季的帶著情意的風，迎她吹拂，怎麼就飄成了柳絮飄成了雪呢？

情意如歌，唱著唱著，也有終止樂符的一天。

思念如綿，纏繞在心，纏成了記憶中的紅帆船。

她曾想把詩人創作的〈臨江仙〉輯成另一本詩集，令兩本詩集相映成趣，終因一些原因而未能達願。

一場花事一場季雨，終是有來也有去。

猶懷白璧

不惑方知詩語淺，
幾番細雨蒹葭。
才情流做指間沙。
時光如玉盞，
涼透故園茶。

蕭瑟人間誰似我，
閒聽破土新芽。
猶懷白璧淨無瑕。
柴門悲野老，
蝶夢渡南華。

——臨江仙

附詩〈秋夜〉

野老柴門開，人生逆旅來。
何須說白璧，難再對蒹葭。
指尖春香浸，詩集綻花開。
蝶夢悲雁斷，玉盞帶沙埋。

在詩人的兩闕詞中，她竟然讀到自己的名字，且用的是同一韻律，於是，她用來填入自己的新詞。

情如絲，亦如玉，點滴都是美妙，只是，到底，無奈悄無聲息，盤踞在心，動輒帶走了它，尚留香氣，纏繞於心。此情難追，往事可憶。

共誰語

枝頭翠小，柳下風徐，
淺草漸濕煙幾許。
那年風景，未解多情早辜負。
如今這，
流年暗度，孤旅天涯，
漂泊俗塵風雨路。
忘了些些，夢裡相思曲中訴。

共誰語，
心事恰如淚痕，
往事恰如飛絮。
都說悠然看別離，幾人能悟。
燕兒舞，
應是念我舊情，
偏生擦肩難遇。
那又緣何到此，為何離去？

——泛清波摘遍

附〈小重山。浮笑〉

風雨喧聲逐浪尖
孤帆蒼海葉，泛狂瀾。
橫楫難阻水漫天。
船搖蕩，陣陣籠寒煙。

雲海意相連，
歡情一轉瞬，散無邊。
飄蓬難續夢成篇。
詩酒後，浮笑彩雲間。

離情，已爬上無奈，貼上沉默，便是憂傷。

「莫向紅塵深處行」，這是詩人的詩句，她記住了。詩人的這句詩幫到了她，卻沒有幫到詩人自己。

畢竟，現實不是詩。一場流星雨濡濕了心情，說不清是他還是她的一個轉身，便拉開了詩歌與現實的距離。

留墨痕

把盞瓊漿消溽暑，
風吹幾縷清涼。
晚星明滅照雲裳。
柳條拂渭水，
月影入昭陽。

拋去閒愁身外事，
何妨共醉流光。
再無同此兩心腸。
遺卿搖玉扇，
留我墨痕香。

——臨江仙

附〈五律。詩人〉

綺夢染詩行，書生意氣狂。
流光烹醉酒，曉月煮離傷。
抱枕一衷苦，揮毫兩袖香。
真情詞意在，海誓哪樽嘗？

青青的野陌上，晃動著一些露珠。一陣清風吹過，露水沒有了蹤跡。

朗朗晴空下，無論她如何睜大眼睛，難以看清的還是自己。

陽光熾烈之後又黯淡下去，那鴻影浮掠過的秋野上，留下淺淺可吟詠的詩行。

遙寄

陳年舊調唱新詞，
聊共秋風所念茲。
對影不堪牽別恨，
留人無計睹相思。
天涯離緒今安在？
山海心盟亦可期。
遙舉瓊杯斟滿月，
與君同飲莫推辭。

——七律

附〈七絕。秋聲〉

遙影荻花向晚舟，
霜風冷雨漫天遊。
錦懷琴瑟聽秋舞。
箏曲雲閒望月收。

她看到了詩人的回詩，一字一句都有關情意。詩人詩中的阡陌和青衫留在了她的記憶中，而她帶給詩人的印象，已被詩人寫成了詩句。

誰立中宵明月樓，人間寂靜晚秋柔。
出塵香繞纖纖指，遺世身藏淡淡愁。
許是姮娥離月殿，方教俗子誤行舟。
欲從腦海尋詩句，卻道天然不可求。

尾聲

那天，她走在黃昏時分的沙灘上，仿佛看見前面有一個背影。這背影是她想像中的詩人的背影，被夕陽描繪得頎長而飄逸。

她欣喜若狂，加快腳步想追趕上前。

「你，你的詩很……豪放，但你內心很脆弱，碰不得……」她囁嚅地說出對他的猜想，這是從詩中讀出的。她聲音細弱，更像是在喃喃自語。

「哈哈，您到底何方神聖啊，我都笑出聲了。」他的聲音縹緲如雨。

「天外來客。」她想幽默，到底，因為語音不柔，說出的話濾掉了幽默的水份。世界靜得隔音。

「你我素不相識。我寫的詩可以看作一幅山水畫去理解。」他的聲音瑯聲若玉，再度隨著海風飄送至她的耳邊。

她張了張嘴，還想說點甚麼，但終究甚麼也沒說。那些詩已被陌生剝落得失去了色彩，像隨風飄飛的花絮，漫天飛舞。

「你我素不相識……」一陣浪濤湧來，很快把這聲音捲走，在大海中瞬間消失得無蹤無影……

黃昏的光照下，像是發生過甚麼，又好像甚麼也沒有發生。

那是深埋在無言中的憂傷
吟詩時夢中飛花
轉身時淚灑兩行
思念在回望時撞牆
淤積出回不去的徬徨
有些情意如浮冰一樣
一碰就化成了水
化成了人海茫茫
化成了從此陌路的地方

轉身，便是天涯。她突然覺得，她看到的那些詩句，是詩人生命中最美的吟唱，此後，將黯淡無光。

我化風化嵐化霜
穿林滌葉掃芒而過
只為了帶走你
生命中最耀眼的那束光
你送給我詩句，我贈給你詩集。

國家圖書館出版品預行編目資料

秋情詩語 / 露西 著
--初版-- 臺北市：博客思出版事業網：2025.2
ISBN 978-626-7607-03-9(精裝)

851.487 113019669

當代詩大系 28

秋情詩語

作　　者：露西
編　　輯：塗宇樵
美　　編：塗宇樵
校　　對：古佳雯、楊容容
封面設計：塗宇樵
出　　版：博客思出版事業網
地　　址：臺北市中正區重慶南路1段121號8樓之14
電　　話：(02) 2331-1675 或 (02) 2331-1691
傳　　真：(02) 2382-6225
E-MAIL：books5w@gmail.com或books5w@yahoo.com.tw
網路書店：http://5w.com.tw/
https://www.pcstore.com.tw/yesbooks/
https://shopee.tw/books5w
博客來網路書店、博客思網路書店
三民書局、金石堂書店
經　　銷：聯合發行股份有限公司
電　　話：(02) 2917-8022　傳真：(02) 2915-7212
劃撥戶名：蘭臺出版社　帳號：18995335
香港代理：香港聯合零售有限公司
電　　話：(852) 2150-2100　傳真：(852) 2356-0735
出版日期：2025年2月 初版
定　　價：新臺幣300元整（精裝）
ISBN：978-626-7607-03-9